GUÍA DE LECTURA

Escrita por Hadrien Seret
Traducida por María Olivera Álvarez

1984

de George Orwell

Entiende fácilmente la literatura con

ResumenExpress.com

www.resumenexpress.com

GEORGE ORWELL

ESCRITOR INGLÉS

- **Nacido en 1903 en Motihari, en Bengala (India)**
- **Fallecido en 1950 en Londres (Inglaterra)**
- **Algunas de sus obras:**
  - *Homenaje a Cataluña* (1938), relato
  - *Rebelión en la granja* (1945), novela
  - *1984* (1949), novela

George Orwell (cuyo verdadero nombre era Eric Arthur Blair) es un escritor inglés que nació en 1903 en Motihari (Bengala). Después de completar sus estudios en Inglaterra vuelve a las Indias y entra en la policía imperial en Birmania. Dimite en 1928 y decide ser escritor. A continuación vienen sus años de andanzas por París y por Londres, donde se codeará con los más desfavorecidos (*Sin blanca en París y Londres*, 1933). Luego desempeñará diversos trabajos (vendedor de libros, profesor, cronista) antes de luchar en la Guerra Civil de España contra los fascistas (*Homenaje a Cataluña*, 1938).

Durante la Segunda Guerra Mundial, se dedicará al periodismo y a escribir sus novelas más célebres: *Rebelión en la granja* (1945) y *1984* (1949). Orwell muere de tuberculosis en Londres en 1950.

1984

UN ELOGIO DE LA LIBERTAD DE EXPRESIÓN

- **Género**: novela de ciencia ficción
- **Edición de referencia**: Orwell, George. 1994. *1984*. Traducido por Rafael Vázquez Zamora. Barcelona: Destino
- **Primera edición**: 1949
- **Temáticas**: totalitarismo, política, libertad, guerra, utopía, colectivismo

A diferencia de lo que se podría pensar, *1984* no se publicó en 1984 sino en 1949. La obra se presenta como una novela de ciencia ficción o de anticipación, es decir, una obra donde el autor intenta dar una visión del futuro mediante la historia que cuenta. La que Orwell propone describe un mundo en guerra regido por tres superpotencias. El autor representa una de ellas: Oceanía, un universo totalitario dirigido con mano dura por el Gran Hermano y su Partido.

Al criticar una sociedad falsificadora donde nada está permitido y donde se castiga la más mínima discrepancia, el autor evoca los esfuerzos de Winston Smith para luchar contra el sistema con ayuda de sus recuerdos y de su amor. La novela se cierra con la imposibilidad de aportar cambio alguno y con la destrucción del héroe por el régimen.

RESUMEN

UN MUNDO BAJO VIGILANCIA

La acción se sitúa en 1984, época en la que el mundo está dividido en tres superpotencias continuamente en guerra: Asia Oriental, Eurasia y Oceanía. Esta última tiene como ciudad principal Londres y está dominada por el Gran Hermano y su Partido. El pueblo no tiene mucha libertad. Cada habitante está constantemente vigilado con micrófonos y telepantallas capaces de transmitir las informaciones del régimen, así como de controlar sus más mínimas actuaciones y gestos. Aquel que tenga pensamientos nefastos hacia el Gran Hermano es inmediatamente detenido y eliminado por la Policía del Pensamiento. Además, todo lo entrega y controla el Partido –como productos alimentarios a cuentagotas– y sus cuatro ministerios, que también regulan las prácticas amorosas y la neolengua, la lengua nacional.

Winston Smith, funcionario del Partido, vive en Londres y trabaja en el Ministerio de la Verdad, en el Departamento de Registro, donde se encarga de falsificar la historia de Oceanía o de adaptarla a los últimos acontecimientos ocurridos. Un día, durante los Dos Minutos de Odio –ritual diario en el que todos los funcionarios gritan su desprecio a Goldstein y su organización de la Hermandad, enemigos declarados del Gran Hermano–, Winston intercepta la mirada de su compañero O'Brien: de esta forma, Winston se convence de que otra persona pensaba como él. No duda ni un segundo de que se trata de una trampa. Desde ese instante, cada noche, cuando va a su casa, escribe en un cuaderno sus recuerdos y su odio hacia el Gran Hermano.

EN BUSCA DEL PASADO

A pesar de su aversión, Winston Smith logra vivir sin que sus pensamientos subversivos se vislumbren. El descubrimiento de un recorte de periódico que el régimen no había retocado le ayuda a buscar pistas de un pasado no falsificado.

Sin embargo, los testigos de ese periodo anterior son difíciles de encontrar: los hay entre los proletarios, clase a la que pertenece la mayoría de la población, canalizada y despreciada por el Partido, ya que una revolución por su parte podría provocar su caída. Winston tan solo consigue ponerse en contacto con personas cuya memoria es poco precisa.

Un día, mientras está paseando, entra en el anticuario de Charrington y compra un pisapapeles de coral. Cuando sale de la tienda se da cuenta de que lo sigue una mujer joven de pelo negro que lleva ya semanas vigilándolo sin cesar. Teme de inmediato que lo denuncie y lo capturen, pero la joven que él toma por una espía resulta ser una miembro del Partido. Esa chica, Julia, está enamorada de él y, cuando este se entera de los sentimientos que ella siente por él, ambos acuerdan verse en lugares en los que las telepantallas y los micrófonos no puedan sorprenderlos, y se entregan el uno al otro.

En busca de un lugar seguro donde vivir su amor, Winston alquila la habitación del piso superior de la tienda de antigüedades. Al abrigo de cualquier telepantalla, la pareja pasa ahí buenos momentos, a pesar de que haya ratas, a las que Winston tiene un miedo terrible. Aunque esta situación sea peligrosa y precaria, hace que la vida del héroe sea más soportable, especialmente porque puede hablar libremente del pasado con Charrington.

LA HERMANDAD

Un día, O'Brien aprovecha un pretexto para dar su dirección a Winston. Este último va con Julia a su escondite. Allí se enteran de que O'Brien es un miembro activo de la Fraternidad y les propone que se unan a él en su lucha contra el régimen: ellos aceptan. O'Brien se las arregla para que Winston reciba un ejemplar del libro de Goldstein, en el que se explican los mecanismos del régimen del Gran Hermano.

Pero, en realidad, O'Brien es un miembro del Partido y lo ha maquinado todo desde el principio: Goldstein y la Fraternidad nunca han existido, algo que no tardan en descubrir Winston y Julia. Efectivamente, cuando la pareja vuelve al anticuario después de una semana especialmente extenuante, les sorprende la voz proveniente de una tele-pantalla escondida en la habitación. Charrington, que era en realidad un policía del Pensamiento, los detiene y los encarcela. A Winston lo encierran y torturan en el Ministerio del Amor.

Para O'Brien es capital adorar al Gran Hermano y aceptar su versión del pasado: por tanto, quiere curar a Winston del odio que siente hacia el jefe del Partido y su apego al pasado. Para que ceda y asimile totalmente la lógica del Partido en detrimento de la suya, O'Brien le hace pasar por diversos suplicios, pero tan solo consigue el resultado esperado parcialmente, porque Winston está muy ligado a Julia y rechaza traicionarla.

LA HABITACIÓN 101

Para solucionar este problema y concluir así su reeducación, O'Brien lleva a Winston a la habitación 101. Ahí, enfrentado a ratas que le comen la cara, Winston termina reconociéndolo todo y traicionando a Julia, quien hace lo mismo por su lado. Cuando ya han aniquilado su personalidad original, Winston es puesto en libertad.

Unos días más tarde, Winston se encuentra con Julia en una cafetería. Los dos han cambiado completamente y, puesto que ya no tienen ningún sentimiento el uno por el otro, deciden separarse. Al escuchar una noticia en una telepantalla, Winston se da cuenta de que ama al Gran Hermano. Está completamente curado: ahora ya puede ser fusilado.

ESTUDIO DE LOS PERSONAJES

WINSTON SMITH

Funcionario del Partido, de 39 años, Winston trabaja en el Departamento de Registro, donde está encargado de falsificar el pasado para el régimen. Se casa con una mujer, Katharine, de la cual se separa después de diez años en el momento del relato. También es el amante de Julia.

Winston, protagonista de la novela, asume rápidamente el papel de rebelde. Su oposición –y el consecuente peligro del que es consciente – ocurre en dos fases:

- una denuncia por escrito. La redacción de fragmentos sobre su pasado en su cuaderno, unida a su rechazo total del Gran Hermano, hace que Winston se ponga automáticamente en una situación delicada con las leyes y las instituciones establecidas por el régimen. Pero él es consciente de la ilegalidad de su acto, por lo que únicamente se dedica a esta tarea fuera del alcance de su telepantalla;
- una denuncia por adulterio. Al responder positivamente a los avances de Julia, Winston traiciona activamente la ideología del Partido. Mantiene relaciones sexuales con otra persona mientras sigue oficialmente casado y, lo que es peor, lo hace por placer. Los momentos privilegiados, aunque precarios, que pasa con la joven mujer en la habitación de Charrington son la ocasión para que pueda huir unos instantes del control y la opresión que ejerce el líder de Oceanía.

Es encarcelado y torturado, y le curan su odio hacia el Gran Hermano a pesar de su resistencia y su amor por Julia. Es puesto en libertad algo después para ser ejecutado.

JULIA

También es funcionaria del Partido, de 26 años, y trabaja en el Departamento de Novela, donde imprime libros para el régimen. Al igual que Wilson, tiene pensamientos divergentes acerca del Partido y al percatarse de que el héroe también cuenta con esta característica se enamora de él.

Las acciones de rebelión que lleva a cabo Julia se basan esencialmente en que el régimen perciba su imagen. Así, ella participa en todas las asociaciones que este crea, hace horas extra para la gloria del Gran Hermano y se presenta como enemiga acérrima de Goldstein. Toda esta entrega al Partido le permite ganarse su simpatía hasta el punto de ser citada como ejemplo. Entonces, aprovecha su reputación para infringir las reglas, en concreto acostándose con miembros del Partido o robándoles alimentos que no ha controlado el régimen.

A diferencia de Winston, Julia demuestra una gran desenvoltura que le permite tejer artimañas para escapar de la vigilancia del Gran Hermano. Además, no le interesa para nada el pasado no falsificado: conoce los vicios del mundo en el que vive y simplemente quiere compartir momentos felices con Winston.

Es detenida al mismo tiempo que este y también se rinde ante los suplicios. Cambia profundamente, se separa de

Winston y ya no vuelve a aparecer.

O'BRIEN

Alto funcionario del Partido, O'Brien es un hombre misterioso e inteligente. Es miembro del Ministerio del Amor, donde se encarga de curar a los que han cometido un crimen hacia el Gran Hermano. En *1984*, tiene una importancia capital como instigador de la traición de Winston así como de su pérdida. De hecho, él es quien, mediante una mirada, empuja a Winston a que mire el periódico en el que plasma su odio hacia el dirigente de Oceanía. Una vez que ha conseguido la confianza del héroe con este procedimiento, utiliza su influencia para tenderle una trampa.

Para esto, debe hacerle creer a Winston que es miembro de la Fraternidad, una facción dirigida por Goldstein, un enemigo que quiere derrocar al Gran Hermano. Al obtener el visto bueno de Winston (y de Julia) para unirse a la lucha, va más allá y le hace llegar un libro escrito por Goldstein sobre cómo funciona el régimen. En realidad, Goldstein es solo una invención del Partido para asegurar un poco más la fidelidad de sus miembros. En cuanto al libro, se trata de una obra de ficción que ha escrito en parte el mismo O'Brien.

Cuando conoce a Winston, O'Brien se presenta como el que va a librarle de los pensamientos nocivos que formula cuando ve al Gran Hermano. A pesar de algunas dificultades, consigue que el funcionario se adhiera por completo a la ideología del régimen. Cuando ha cumplido su trabajo, lo libera.

EL GRAN HERMANO

Jefe del Partido y líder de Oceanía, no existe como tal. Se trata de una imagen inventada por el Partido para legitimar su posesión de todos los poderes.

Los habitantes rinden un verdadero culto a este icono del régimen sin saber que es un fraude. Este entusiasmo alrededor de su persona explica la importancia que tiene en sus vidas. De hecho:

- no existía nada antes del Gran Hermano, que es a la vez el pasado, el presente y el futuro de Oceanía;
- el Gran Hermano es omnisciente, omnipotente y también es el origen de todo lo bueno que abunda el país;
- sus decisiones siempre son las mejores y no despiertan protesta alguna. Por eso es imposible no amar al Gran Hermano.

Para reforzar este sentimiento de adoración, se han expuesto retratos del dirigente por toda la ciudad y las telepantallas muestran sin cesar eslóganes a favor de su gloria (por ejemplo «El Gran Hermano te vigila»).

Además, cualquier persona con pensamientos negativos hacia él es aniquilada.

CLAVES DE LECTURA

1984, UNA DISTOPÍA DEL TOTALITARISMO CON TRES EJES

¿QUÉ ES LA DISTOPÍA?

En general, se considera a *1984* como una novela perteneciente al género literario de la distopía o antiutopía. Es una noción opuesta a la de la utopía: mientras la utopía describe modelos de sociedad perfecta, la distopía ofrece una visión, generalmente futurista, de una sociedad aparentemente irreprochable pero que en realidad es condenable porque vivir en ella es un auténtico infierno.

Basándose en su experiencia durante la Guerra Civil española, Orwell quiere proponer una concepción personal de en lo que podría convertirse el día a día en un Estado totalitario. De esta forma, pretende evocar una sociedad que podría haber existido y sin saber realmente si así será.

La supresión de la individualidad

En Oceanía casi todo se hace en comunidad: los funcionarios trabajan juntos, comen juntos en el comedor y van juntos al ritual de los Dos Minutos del Odio. Por la tarde, cuando ha terminado su jornada laboral, participan juntos en actividades organizadas por el Partido. Este incluso anima a sus miembros a que trabajen gratis para él durante su tiempo libre.

Esta tendencia de privilegiar al colectivo tiene dos consecuencias:

• coacciona cualquier forma de creatividad y de reflexión individual: los habitantes, al verse obligados a dejar que el Partido dirija su vida, terminan siendo mucho más ingenuos y, por tanto, manipulables;
• cualquier acción personal es sospechosa y susceptible de ser denunciada. Por esta razón, Winston tiene que tomar precauciones extremas para escribir su cuaderno o para ir a la casa de Charrington.

La supresión de la felicidad humana

La vida organizada por el Partido está estructurada de manera que impida cualquier felicidad real, es decir, toda felicidad con un origen humano, ya que puede ser el principio de la ruina del régimen del Gran Hermano. Como consecuencia, el placer sexual está estrictamente prohibido: el acto carnal está reservado únicamente para procrear y eliminar así cualquier sentimiento de satisfacción.

Encontramos otro ejemplo con la ausencia de todo lazo familiar o social: todos están considerados como camaradas del Gran Hermano. Los amigos y la familia no existen, y a nadie le incomoda denunciar a alguien cercano si este ha traicionado al poder.

Las únicas alegrías que pueden expresar los habitantes

están relacionadas con las satisfacciones artificiales que ofrece el Partido: autorizaciones obtenidas para consumir ciertos alimentos (por ejemplo, la Ginebra de la Victoria), para escuchar buenas noticias en las telepantallas o para rendir culto ilimitado a la personalidad del Gran Hermano.

La supresión de la libertad

Como consecuencia directa de la supresión de la individualidad, el mundo en Oceanía se caracteriza por una ausencia total de libertad:

- de movimiento, ya que todos están vigilados en sus idas y venidas mediante telepantallas y micrófonos;
- de expresión, puesto que la única opinión aceptada es la emitida por el Partido. Todo juicio negativo expresado con respecto al Gran Hermano está considerado un crimen y se sanciona con la aniquilación. Para evitar delitos, el poder suprime de forma continua palabras en la neolengua y solo puedan decirse cosas buenas sobre el régimen.

LOS TEMAS DE *1984*

El Gran Hermano y el Partido: las temáticas del poder y de la mentira

Como le revela O'Brien a Wilson, el Partido ha establecido una sociedad distópica con el único objetivo de obtener el poder absoluto y para sus propios fines.

Para alcanzar este objetivo, en primer lugar, el régimen eliminó cualquier forma de libertad y de independencia de sus habitantes, y luego creó un aparato capaz de controlarlos: el Partido y sus ministerios.

Una vez asentado este totalitarismo, había que encontrar motivos que legitimaran ese poder. Todas estas razones son inventadas y falsas:

- el estado de guerra. Desde el principio de la novela se nos presenta Oceanía como una nación en guerra. El conflicto parece prolongarse y no tener fin. Efectivamente, no hay razón alguna para que exista y es una simple invención del régimen para destruir el exceso de su producción y de población. Sin embargo, las diversas victorias militares anunciadas en las telepantallas permiten suscitar el entusiasmo por parte de los habitantes respecto a las acciones del Gran Hermano;
- Goldstein y la Fraternidad. El enemigo eterno y jurado del Gran Hermano también es una invención del Partido. Se trata de una ocasión para legitimar las medidas de seguridad que se toman en el mundo de Oceanía. Además, argumentando que odia a la población de Oceanía, el Partido refuerza la adoración de esta hacia su dirigente;
- el pasado falsificado. Como ya se ha señalado anteriormente, el poder modifica constantemente el pasado para sentar su existencia y legitimidad en el tiempo y en hechos. Por lo tanto, lo que el pueblo considera como la verdad de la historia no es más que una mentira sabiamente orquestada por el Partido.

La utopía de una época anterior: los temas del amor y del verdadero pasado

Existe otro tipo de pasado mediante el personaje de Winston Smith. Es el pasado «de antes», del período anterior a la llegada del Gran Hermano y que el Partido quiere hacer desaparecer mediante la falsificación.

Este pasado verdadero siempre se presenta de forma positiva: ya sea por el lugar («el País Dorado») o los objetos (el pisapapeles de coral), siempre se destaca su belleza, así como la imposibilidad de que el régimen lo corrompa. Orwell lo plantea como la expresión de un mundo mejor que ha existido pero que la política de distorsión del régimen establecido ha relegado como utopía que debe olvidarse.

El carácter específico y maravilloso del pasado se refuerza con su papel de huésped del amor entre Winston y Julia. De hecho, los amantes solo dejan que surja la pasión en lugares impregnados de historia (el campo y la tienda de antigüedades, siendo esta última el lugar de memoria por excelencia).

De esta forma, la coincidencia de esta utopía y del adulterio, cuya ilegalidad ya hemos explicado, confirma la sensación de Winston de estar realizando un «acto político» (Orwell 1994, cap. 2) contra el Partido.

1984, ¿UNA NOVELA ANTIESTALINISTA?

Para elaborar su distopía, George Orwell se inspiró en la dictadura establecida por Stalin (dirigente del Estado soviético, 1879-1953) entre 1929 y 1953. Las numerosas similitudes entre los dos poderes, unidas a la visión pesimista que propone el autor, hace que muchos hayan visto *1984* como una crítica del estalinismo.

En la URSS de la época coexistían:

* Stalin, jefe del partido comunista, que estableció el culto a su personalidad;
* la oficina del partido que aplicaba la política del régimen con la ayuda de sus dirigentes. Los proletarios, adoctrinados, trabajan para ella;
* la propaganda a favor del régimen. Se crean películas, carteles y libros que elogian los méritos del poder. Se distribuyen retratos idealizados de Stalin por toda la Unión soviética;
* la creación de una policía secreta que reprime cualquier rebelión frente al poder;
* el envío de los opositores a campos de trabajo (los gulags);
* la censura. El régimen recurre a la censura y al montaje para eliminar pistas de las personas que ha ejecutado.

En la novela descubrimos que:

* los habitantes rinden culto al Gran Hermano, jefe del Partido;
* el partido es el jefe del poder en Oceanía. Los proletarios tan solo son una masa controlada y neutralizada por el régimen;
* el Partido controla todo lo que se produce en su territorio. La propaganda está garantizada con eslóganes («El Gran Hermano te vigila») y mensajes repetidos por las

telepantallas. Además, hay carteles del Gran Hermano por todas partes;

* existen telepantallas, micrófonos y la Policía del Pensamiento, cuya función es descubrir a los opositores al régimen;
* se envían a los opositores al Ministerio el Amor, donde se les tortura, adoctrina y luego, fusila;
* el Partido falsifica el pasado y elimina de los archivos cualquier información relacionada con un miembro que haya desaparecido a manos del poder.

PISTAS PARA LA REFLEXIÓN

ALGUNAS PREGUNTAS PARA PROFUNDIZAR EN SU REFLEXIÓN...

- Explique el título de la obra.
- ¿En qué aspecto la novela *1984* hace del pasado una utopía?
- ¿Cómo se las ha arreglado el Partido para legitimar su poder? ¿Qué le parecen estos métodos?
- ¿Por qué los fieles al régimen del Gran Hermano se han molestado en escribir el libro de Goldstein? ¿Qué interés y qué ventajas han podido encontrarle?
- Según Orwell, «los intelectuales son más totalitarios en perspectiva que la gente común». Comente esta afirmación.
- Establezca paralelismos entre la sociedad representada en la novela de Orwell y los regímenes totalitarios que surgieron en la primera mitad del siglo XIX.
- Otra célebre antiutopía del siglo XX, *Un mundo feliz*, de Aldous Huxley (escritor británico, 1894-1963) también imagina cómo sería la Inglaterra del futuro. Pero la sociedad totalitarista que describe él no es la misma que la de Orwell. ¿En qué se distingue? Explique se respuesta.
- ¿Qué puntos comunes podemos encontrar entre nuestra sociedad y la que se describe en *1984*? ¿Corremos el riesgo de que la ficción de Orwell se convierta un día en realidad?
- ¿Le parece que existe alguna relación entre esta obra y el programa de telerealidad emitido que se conoce con el nombre de «Gran Hermano»? Justifique su opinión.

PARA IR MÁS ALLÁ

EDICIÓN DE REFERENCIA

- Orwell, George. 1994. *1984*. Traducido por Rafael Vázquez Zamora. Barcelona: Destino.

ESTUDIOS DE REFERENCIA

- Aron, Paul y Michelle Riot-Sarcey. 2004. "Utopie". *Le Dictionnaire du littéraire*. París: PUF, colección *Quadrige*.
- Calder, Jenni. 1987. "Animal Farm & Nineteen Eighty-Four". Milton Keynes: Open University Press.
- Galloy, Denise y Franz Hayt. 1994. *De 1848 à 1945*. Bruselas: De Boeck Wesmael, colección *du Document à l'Histoire*.
- Kadiu, Silvia. 2007. *George Orwell - Milan Kundera : individu, littérature, révolution*. París: L'Harmattan.

ADAPTACIONES

- *1984*. Dirigida por Michael Anderson, con Edmond O'Brien, Michel Redgrave y Jon Sterling. Reino Unido: Columbia Pictures, 1956.
- *1984*. Dirigida por Michael Radford, con John Hurt, Richard Burton y Suzanna Hamilton. Reino Unido: Virgin Films y Umbrella-Rosenblum Films, 1984.

EN RESUMENEXPRESS.COM

- Guía de lectura de *Rebelión en la granja de George Orwell*.

Tous les hommes n'habitent pas le monde de la même façon

de Jean-Paul Dubois

lePetitLittéraire.fr

Analyse de l'œuvre

Par Marie Chabin

Tous les hommes n'habitent pas le monde de la même façon

de Jean-Paul Dubois